꺄딱

김경문 동시 · 김천정 그림

아동문예

■시인의 말

초등학교 시절, 어린이 신문사에서 주최한 전국 백일장에서 '그림자'라는 동시로 수상한 경험이 시인의 길로 들어서는 계기가 되었습니다. 그때 당선된 동시는 지금도 제게 소중한 보물로 간직되어 있습니다.

세상과 자연을 어린이의 눈으로 바라보는 일은 결코 쉽지 않았습니다. 동시를 쓰기 위해 어린이의 마음으로 돌아가려 노력했지만, 때로는 그 마음에서 벗어나려는 저 자신을 발견하곤 했습니다. 그럴 때마다 감정을 가다듬으며, 맑고 순수한 마음을 글에 담으려 애썼습니다.

이 세상은 혼자 살아가는 곳이 아닙니다. 우리는 풀꽃과 나무, 바람과 햇빛, 온갖 동물들과 더불어 살아가는 세상에서 함께 존재합니다. 이 책을 통해 어린이들에게 그 소중한 가치를 전하고 싶습니다.

뻐꾸기 소리를 휴대폰에 담아 자랑하다가 뻐꾸기시계 소리와 헷갈려 혼이 나더라도 괜찮습니다. 철없고 서투른 모습 그대로, 자연과 함께하는 이 길을 계속 걷고 싶습니다.

이 책이 어린이들에게 순수한 마음과 자연의 소중함, 그리고 그 아름다움을 전하는 작은 다리가 되길 바랍니다.

마지막으로, 이 책에 예쁜 그림을 그려주신 김천정 작가님께 깊은 감사의 마음을 전합니다.

2024년 이른 가을

김경문

시인의 말···6

제 1 부

까닭을 물어보면, 답이 필요해

씨앗 ···14

별똥별 ···16

걱정하지 마! ···19

새봄 ···20

아기 ···22

가지 ···23

알밤 쌍밤 ···24

까닭 ···25

반칙 ···26

무화과 ···28

티격태격 ···30

까치 ···32

바닷게에게 묻는다 ···33

겨울 홍시 ···34

이유가 있지 ···36

제 2 부

가늘어지는 매미, 두꺼워지는 귀뚜라미

봄은, …40

거미줄 …42

맴맴, 옹알옹알 …44

까치는 공사 중 …45

알고 보면 …47

콩콩콩 …48

민들레 홀씨 …50

섬 …51

매미 …52

모과나무에게 …54

번데기가 하는 말 …55

허수아비의 넋두리 …57

이른 가을 …58

겨울 미루나무 …60

별따기 …62

제 3 부

꽃들도 칭찬을 먹고 살아, 예쁘다고 말해줘

봄 …66

예쁘다고 말해 줘 …69

나는 뻥을 잘 칩니다 …70

게게게 …72

저녁별 …75

장마 · 1 …76

장마 · 2 …77

소나무 …78

☆ …80

가을나비 …81

참깨털기 …82

돌 …84

거울 앞에서 …85

첫눈 오는 날 …86

겨울배추 …88

얄미운 꼴깍 …89

제 **4** 부

어디에 떨어져도 고운 꽃잎

봄눈 ···92

봄꽃 ···94

상춧잎 ···95

꽃잎 ···97

꽃보다 더 예뻐 ···98

할머니의 손길 ···100

엄마가 뿔났다 ···101

달팽이 ···102

수박 고르기 · 1 ···104

수박 고르기 · 2 ···106

수박 고르기 · 3 ···107

대추 ···108

내가 잠들 때 ···110

도둑고양이···112

별바라기 ···114

제1부
까닭을 물어보면,
답이 필요해

씨앗

잎을 틔우려는
푸른 꿈이 들어 있어요.

말씨
마음씨
웃음씨

꽃을 피우려는
고운 꿈이 들어 있어요.

15

별똥별

친구 집에서 놀다
돌아오는 길

은하수를 건너려다
그만

발
　이
　　미
　　　끄
　　　　러
　　　　　져
　　　　　　버
　　　　　　　렸
　　　　　　　　어
　　　　　　　　　요

16

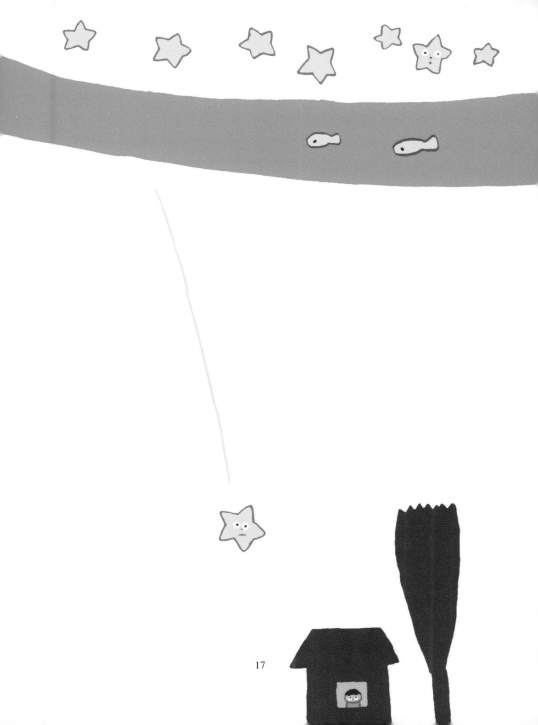

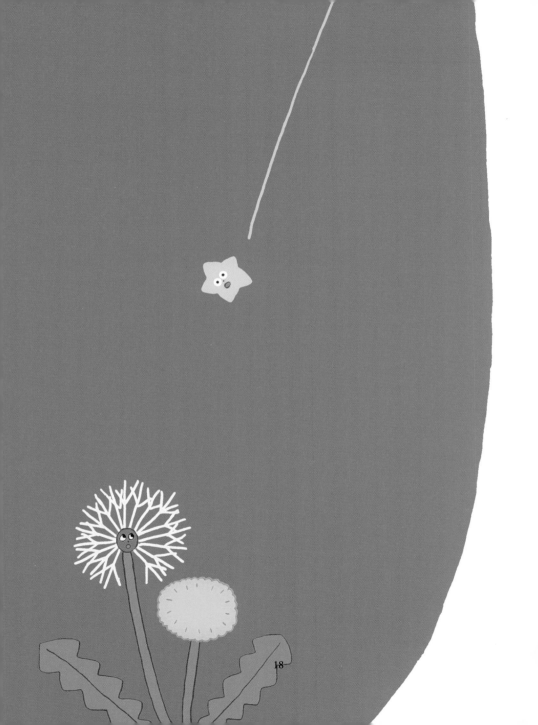

걱정하지 마!

— 민들레가 별또별에게

별똥별아,

빗
  금
    그
      으
        며

내려오던 길 따라
꼬옥 껴안고
엄마별에게 데려다줄게.

새봄

교실 옆 화단의 꽃들이
떠들며 피어나요.

선생님, 이게 무슨 꽃이에요?
아, 그건 깽깽이풀이야!

이 꽃은요?
제비꽃도 모르니?

이 풀꽃은요?

뭐더라…?

나도 모르겠는데.

선생님,

우리들의 이름은 까먹은 건 아니죠?

아기

첫 이가 나오려고
간지럼 태워도
참는대요.

엄마 젖
빼앗기지 않으려고
꾹 참는대요.

가지

가지 어디 가지?
가지밭에 가지
가지밭에 뭐 하러 가지?
가지 따러 가지
가지 따서 뭐 하지?
가지나물
가지전
가지튀김
가지가지 여러 가지

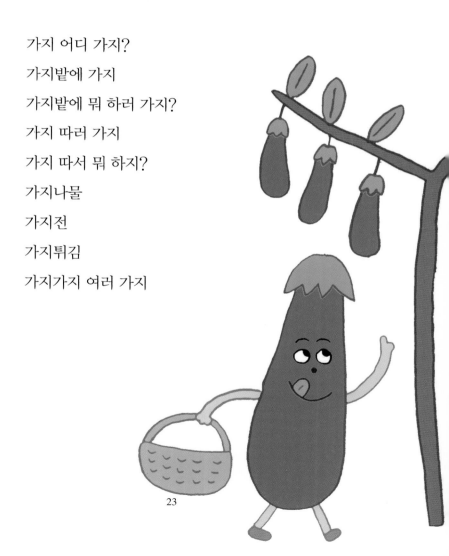

알밤 쌍밤

너는
알밤과 쌍밤 중
어느 것이 좋아?

나는
동생과 나눠 가져야 하니까
쌍밤이 더 좋아.

그럼
이 쌍밤 네가 갖고
알밤은 나 줘.

까닭

엄마와 함께 치킨집에 갔는데
통닭, 불닭, 맵닭, 까닭
메뉴도 다양했어요.

뭘 먹고 싶니?

까닭만 빼고 다 좋아요.

까닭은 왜?

책을 읽을 때도
학습지 풀 때도
시험 볼 때도
실컷 먹었거든요.

반칙

엄마 품에 안기면
아가 눈엔 엄마 눈이 잠기고
엄마 눈엔 아가 눈이 잠기지요.

서로 바라보며
눈싸움해요.

엄마가 질 듯 말 듯
아가 배꼽에 간지럼 태워요.

까르르 까르르
아가는 웃어요.

27

무화과

잎이 틔우면
꽃이 피어
열매를 맺는 건
너무 지루해.

난, 그게 싫어서
깨금발로 폴짝
꽃자리 건너뛰었어.

꽃을
가슴에
피우려고.

* 무화과 : 무화과는 열매처럼 생겼으나 열매의 껍질은 꽃받침이며
  내부의 먹는 부분이 꽃이다.

.

29

티격태격

똑! 똑!
너는 하라는 공부는 안 하고
휴대폰 가지고 살아라.

숙제하고 있었어요.

방 좀 봐,
치울 줄도 모르고.
엄마는 너만 할 때 그렇지 않았는데,
닮은 데는 한 군데도 없다니까.

닮은 데 있잖아요.

어디가 닮았는데?

서로 사랑하는 마음은 닮았잖아요.

말이라도 못 하면 밉지나 않지.

31

까치

아기까치 노는 거
훔쳐볼까 봐

일부러
느티나무 우듬지에
둥지를 틀었지요.

별과 달이
내려다보는 거
깜박 잊고서.

* 우듬지 : 나무의 맨 꼭대기 줄기.

바닷게에게 묻는다

안테나 두 개는
왜 세우고 다니니?

파도 소리 잡히면
구멍으로 쏙 들어가려고.

하얀 거품은 왜 뿜어대니?

너도 갯벌에서 기어 다녀봐,
거품이 안 나오나?

겨울 홍시

꽃송인 줄 알았나 봐요.

흰나비 떼 몰려와
서로서로
볼에다 입맞춤.

수줍어서
더욱
빨개지는

고

드

름

35

이유가 있지

엄마는
눈사람 만들 때
털모자, 털목도리 해주면서도
팔, 다리는 빼먹었어요.

눈송이 똘똘 뭉쳐 눈싸움하다가
시퍼렇게 멍이 들면 안 되잖아요.

눈길을 걷다가 콰당 엉덩방아 찧으면
창피하잖아요.

제 **2**부
가늘어지는 매미,
두꺼워지는 귀뚜라미

봄은,

달래랑 냉이랑
어깨동무하고
사뿐사뿐
걸어옵니다.

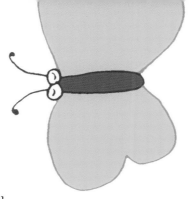

개울 건너
들길 따라
한눈 팔지 않고
걸어옵니다.

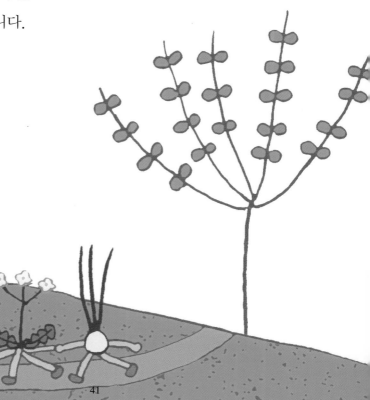

거미줄

미로 찾기 놀이하자고
쳐 놓은 건 아니야.

잠자리, 나비…
너희들 조심해야 돼.

걸리면
한 방에 뽕 가.

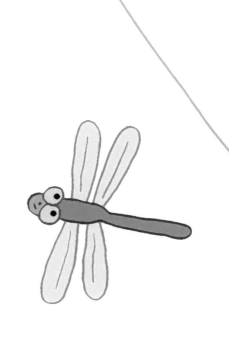

43

맴맴, 옹알옹알

맴맴맴
울고 떼쓰는
아기매미들은 돌보지 않고
엄마매미는 어디 갔나요?

엄마는
아기가 옹알이만 해도
눈을 맞추고
젖을 물리며,

하루 종일
아가 곁을
맴맴
맴도는데요.

까치는 공사 중

나뭇가지 물어 와
#
차곡차곡 집을 지어요.

알을 낳아
별눈 닮은
아기까치 키우려고

기둥을 세우느라
까악! 까악!
못질 소리 요란해요.

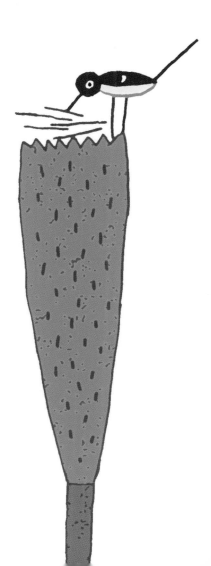

알고 보면

– 지우개가 몽당연필에게

개구리 뒷다리도 그릴 수 있고

딱딱구리 소리도 낼 수 있고

손편지도 쓸 수 있고

눈사람도 만들 수 있다며

큰소리 떵떵 치지만,

다

나 때문이야.

47

콩콩콩

위층 집에서
콩콩 뛰는
병아리콩

얼쑤 좋다!
콩콩 뛰는
장단콩

네가 준 선물 받고
콩콩 뛰는
심쿵콩

너랑 만나면
시간 가는 줄 모르고
콩콩 뛰는
알콩달콩

민들레 홀씨

꿈을 찾아가라고
훨훨
날려 보내줬잖아.

뭐가 좋아
다시 내 곁에 와
다소곳이 피어났니?

다 함께 모여
방글방글 웃는 게
네
꿈이었니?

섬

끝없이 펼쳐진 바다 가운데
엄마 젖가슴처럼 볼록 튀어나온
섬

공갈젖꼭지인 줄 모르고
철썩철썩
칭얼대는
아기 파도들.

매미

가까이 가면
시치미
뚝
뗐다가,

돌아서면
소낙비처럼
맴맴맴.

숨바꼭질하자는 거니?
무궁화꽃이 피었습니다,
놀이를 하자는 거니?

나,
꼬드기지 마.
학원 가는 길이야.

모과나무에게

그 황금 주먹 내려놔
아무리 거머쥐어도
버티지 못할 거야.

철봉에
오래 매달리려고 안간힘 쓰다
쿵! 하고
엉덩방아 찧은 적이 있거든.

번데기가 하는 말

나를
번데기라고 부르면
왠지 약해 보이지 않니?

틀려도 좋으니
제발
뻔데기라고 불러줘,

내 앞에서
아무나
주름잡을 수 없게.

55

허수아비의 넋두리

훠이~ 훠이~
들판이 떠나갈 듯
소리를 질러도 소용이 없어요.

깡통을 매달아 짤랑대도 안되고
대포를 팡팡 쏘아대도 꿈쩍 않더니,

이제는 겁도 없이
내 어깨 위에 앉아서
짹짹 수다를 떤다는 말이지?

이른 가을

매미 울음소리
맴
　맴
　　맴
　　　맴
　　　　맴
가늘어져 가요.

귀뚜라미 울음소리

귀뚤

　귀뚤

　　귀뚤

　　　귀뚤

　　　　귀뚤

굵어져 가요.

겨울 미루나무

까치발 딛고
빈 둥지
조심조심
받쳐 들고 있어요.

싸락눈 받았다가
까치에게 쌀밥을 해 먹이려고
붙잡은 것은 아니에요.

별똥별이
맨발로 떨어지면 아파할까 봐
살포시 받으려고요.

61

별따기

맨손으로
휘휘
잡으려 하지 않아도

모둠발로
콩콩
뛰어오르지 않아도

먼저
쳐다본 네가
임자

제3부
꽃들도 칭찬을 먹고 살아,
예쁘다고 말해줘

봄

나는 좋아,
수선화의 노란 웃음을 볼 수 있어서.

너도 좋아?

아지랑이처럼 피어나는
너의 웃음을 볼 수 있어서,

나는
더 좋아.

예쁘다고 말해 줘

길을 가다가
제비꽃이나 민들레를 만나면
꽃이 쪼그맣네, 라고 얕보지 마.

작은 꽃들에게도
벌, 나비는 찾아오거든.

나는 뻥을 잘 칩니다

봄 햇살이
꽃을 피워내기 위해
뻥튀기를 돌려요.

쌀 한 됫박 털어 넣고
뻥, 방울방울
탱자꽃 쏟아내고요.

보리쌀 한 됫박 털어 넣고
뻥, 하늘하늘
살구꽃 쏟아냅니다.

게게게

여보게
방게,
뿡뿡뿡
방귀 좀 그만 뀌게.

여보게
달랑게,
달랑달랑
말대꾸 그만하게.

여보게
칠게,
칠칠칠
칠칠맞게 놀지 말게.

74

저녁별

별들이
퐁당퐁당
연못으로 떨어집니다.

개구리들은
별사탕인 줄 알고
별 하나 꼴깍,
별 둘 꼴깍.

밤하늘에 별들이
배꼽 잡고 웃습니다.

장마 · 1

오이는
키가
쑥쑥
커가서 좋겠다.

할머니처럼
허리가 굽지 않아서
참
좋겠다.

장마·2

우산은
어깨를 활짝 펼 수 있어서
좋겠다.

외톨이처럼 서 있다가
꽃으로 피어날 수 있어서
참
좋겠다.

소나무

거북선의
돛이 되고
키가 되고
노가 되어
거센 풍랑을 헤쳐나갔어요.

우리 곁을 지키는
늘
푸르름

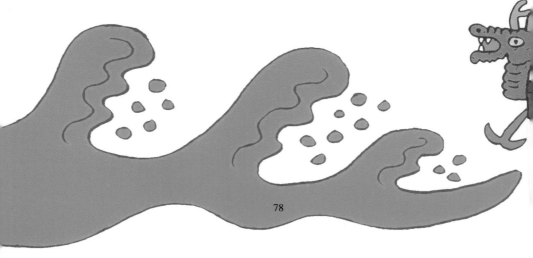

☆

마지막 5교시는 더 지루하다
친구와 약속,
매콤달콤 떡볶이 먹을 생각
정신이 팔려 있을 때

난데없이
별 하나가 공책에
뚝!
떨어졌지.

제발 까먹지 말라고
중간고사 시험에 꼭 나올 거라며
밑줄보다 진하게
반짝이는
☆

가을나비

호랑나비 한 마리가
코스모스에 걸터앉아

책장을
펼쳤다, 접었다.
접었다, 펼쳤다.

차마
넘기지 못하는
글 밥 향기.

참깨털기

할머니는
참깨 꼬투리가 벙긋해질 때
밭에 나가
참깨를 텁니다.

참깨다발 한 움큼 쥐고
막대기로 종아리 때릴 때마다
깨알같은 눈물이
쏟아집니다.

83

돌

흩어져 있으면
그냥 돌멩이.

하나
둘

모이고
쌓이면
돌탑이 돼요.

거울 앞에서

엘리베이터를 탔다가
거울 속의 또래와
가위바위보를 했지.

주먹을 내니
주먹을 내네.
이번에는 보를 내니
보를 내네.

마지막 삼세판
가위를 내니
또 가위를 내네.

이기려고 하다가
속마음만 들켰네.

첫눈 오는 날

첫눈이 오는 날은
모두 설레요.

참새, 강아지, 까치
아파트 꼭대기에 사는 아이

뽀
  드
   득
    뽀
     드
      득

꽃처럼 피어나는
발자국 보려고요.

겨울배추
− 겉잎이 속잎에게

밖에는
진눈깨비가 제 세상이라도 만난 듯
펄펄
날뛰고 있어.

바람은 어디라도 뚫고 가려는 듯
씽씽
활개를 치고 있어.

이겨내야 돼,
견뎌내야 돼.

그래야
속이 꽉 찰 수 있어.

얄미운 꼴깍

더 놀고 싶은데
해가 산 너머로
꼴깍.

마지막 포도 한 알
동생이 재빨리
꼴깍.

살구, 생각만 해도
침이
꼴깍.

제 **4**부
어디에 떨어져도,
고운 꽃잎

봄눈

눈이 오네,
겨울보다 더 두껍게 오네.

목련의 하얀볼은 얼마나 시릴까?
기지개 켜려던 개구리는 얼마나 놀랄까?

겨울옷
입을까,
말까?

93

봄꽃

예쁘다는 말을 알아듣나 봐요.

칭찬을 들으려고
저요! 저요!
앞다퉈 피어나요.

설렌다는 말도 알아듣나 봐요.

잎도 틔우지 않고
두근두근
앞다퉈 피어나요.

상춧잎

상추는
잎을 따 줘야 빨리 자라요.

손바닥만 할 때
한 움큼 따서
나누면
더 빨리 자라요.

95

꽃잎

머리에 떨어지면
꽃리본

신발엔
꽃신

길가엔
꽃길

강아지똥에 떨어져도
곱다.

꽃보다 더 예뻐

개나리꽃이 늘어진
울타리 곁에서 사진을 찍어요.

엄마,
내가 예뻐?
꽃이 예뻐?

웃으면
네가
더 예뻐.

개나리처럼 피어나는
노오란 웃음.

할머니의 손길

할머니 호미는 연필입니다.

쓱쓱 지나간 자리에는
오이싹이 돋아나고
감자꽃이 피어나고
완두콩이 열립니다.

할머니 텃밭은 공책입니다.

연필로 꾹꾹 눌러쓰면
오이가 열리고
감자가 주먹만 해지고
완두콩이 영글어 갑니다.

엄마가 뿔났다

엄마,
뻐꾸기가 슬피 울어서
휴대폰에 담아 데리고 왔어.

뻐꾹! 뻐꾹! 뻐꾹!

야, 뻐꾸기시계 소리와 헷갈린다,
당장 데려다줘라.

그럼
개구리를 데려올까?

뭐라고?

달팽이

길을 내며 걸어가요.
더듬더듬 걸어가요.

어디로 가느냐고요?
풀, 꽃, 나무 찾아
천천히 걸어가요.

느리다고 흉보지 마세요.
이래봬도
집 걱정은 하지 않아요.

수박 고르기 · 1

톡톡
이 소리는
함박웃음 머금은 아이가 듣고요.

텅텅
그 소리는
주근깨 많은 아이가 듣고요.

통통
이 소리는
해를 닮은 아이가 듣고 있을 거예요.

수박 고르기 · 2

배꼽은 작고
줄무늬가 짙어야 해요.

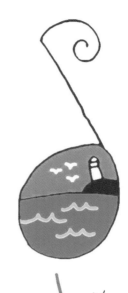

배에다 귀를 대면
노을 소리 출렁이면
더욱 좋고요.

중요한 것은요,
고르고 있을 때
입 안 가득
단물이 고여야 해요.

수박 고르기 · 3

수박이 잘 익었는지,

알아보려면

어떤 표시를 해서 맛을 볼까요?

① ○ ( )

② × ( )

③ △ ( )

④ ☐ ( )

( )번을 √ 하면

잘 찍은 거예요.

대추

아빠가 대추농사를 하는 수민이가
민호와 나눠 가지라고 준
대추 두 봉지

한 걸음 걸어오다
열어보고,

두 걸음 걸어오다
들어보고,

열어보고
들어봐도
쌤쌤.

내가 잠들 때

엄마, 아빠는 뭐 하는지
그게 궁금했었어.

그날 밤,
일기장을 펼쳐 놓고
한 줄 한 줄
커 가는 모습을 엿보고 있었지.

안 본 척,
안 들은 척.

다음 날 일기장엔
'용돈 올려주세요'
달랑 한 줄만 써 놨지.

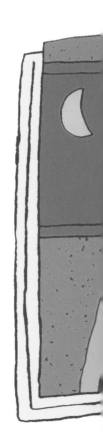

도둑고양이

도둑고양이는
첫눈이 와도
설레지 않는대요.

눈 위에
발자국이 찍히면
꼬랑지가 잡힌다고요.

113

별바라기

밤마다
하늘을 우러릅니다.
북두칠성 목걸이를 하고
초승달 쪽배를 타고
은하수 항해하는 멋진 선장이 되어
염소, 전갈, 사자, 곰, 황소를 만나는
별꿈을 꿉니다.

까닭

초판 1쇄 발행 · 2024년 11월 1일

지은이 · 김경문
그린이 · 김천정
펴낸이 · 박옥주

펴낸곳 · 아동문예
등록일 · 1987년 12월 26일
주   소 · (우)01446 서울특별시 도봉구 도봉로 109길 78
전   화 · 02-995-0071~3, 02-995-1177
팩   스 · 02-904-0071
이메일 · adongmun@naver.com/ joo415@hanmail.net
홈페이지 · www.adongmun.co.kr

ISBN 979-11-5913-444-9   73810

가격 13,000원

＊이 책은 충청남도, 충남문화관광재단 후원으로 발간되었습니다.